詩集

剣道みちすがら

国見修二

推薦のことば

竹刀を握る者が味わう人間模様

髙崎慶男

　国見さんの詩集を好奇心も手伝いながら何べんも読み返しました。読むほどに剣道をする心の道すがらのありさまが修めてゆくための夫々の役割や学ぶという処方箋が四十篇の詩心として、また竹刀を握るものが味わう人間模様みたいなものが温度差なくシグナルのように語りかけていました。

　剣先Ⅲの「視えない意志の放電」、竹刀Ⅲの「竹刀は意志を持つ生き物」、「ぼくは坐禅」、「ぼくは炸裂する稲妻」、面の「面の内部は一人乗りの宇宙船」、敵わないの「負けを受けとめ同時に悔しさが垣間見え〈敵わないぼく〉を奮い立たせる」、は日本体育大学の教授だった山内冨雄範士の著書『剣談』にある「静極発動」（静極わまれば動に発す）の意味あいが鮮やかに心をくすぐります。静と動の両極が調和する剣道の醍醐味の原点であると思います。地球山月海そしてなんと大統領等目新しい〝かかわり〟が出てきます。発想が自分の領域を越えて、さまざまな音律的な接点が一打一会の得心の技への砥石なのでしょう。素振りの旅の始まりから出会いの終りの詩篇に「全てのぼくの中に一部の剣道があればいい」とありました。

私も剣道とは自分にとって何だろうと思ったことがありました。この歳になっても竹刀から離れられないのは何なのでしょうか。

国見さんはこの詩集を謙遜して指南書ではなく頭の隅によぎってもらえばそれだけで嬉しいと書かれています。人柄がにじみ出ています。強くなりたい。負けたくない。そのためにひたむきに稽古をする。そのプロセスのむこうに人間としての大切な素養の一つがあるのかもしれない。読みが音読に変わっていきました。


（全日本高齢剣友会名誉会長　九十三歳　剣道範士）

これは剣道の指南書である

岩立三郎

このたび、上越を代表する詩人であり、剣道七段の国見修二先生が『詩集 剣道みちすがら』を発刊されるはこびになったことは、まことに喜ばしいことです。

著者の国見先生はあとがきで「剣道は、詩のテーマにならないと思っていた」と振り返っています。しかし、湯治の一人旅の折、パソコンに向かい、キーボードに打ち始めて表れて来た文字が「剣道の詩」だったそうです。「剣道を学ぶものにとっては、おそらくこの詩は何の役にも立たないだろう」と国見先生は謙遜していますが、私が詩集を読ませていただいたとき、「これは剣道の指南書だ」と確信しました。しかも、教訓じみたものではなく、かわいた砂に水がしみこむように、詩の数々が私の心に刻まれました。

物と物との竹刀の先
剣先に触れる前のこの圧迫感、重圧感は
何だろう
ぼくはよく知らない
気にせずに面を打てば
相手の竹刀が一瞬先に面を叩く

これは収録されている「剣先Ⅳ」です。私もまったく同じ経験を何度もしたことがあります。剣道を始めてから60年が経ちますが、いまだ剣先で相手を制する難しさを実感し、剣道を続けています。

『詩集　剣道みちすがら』はあなたが剣道の稽古を続けるなかで「あるある…」「確かにそうだ」といった事柄がたくさんちりばめられています。上達を実感することがなかなかないのが剣道ですが、本書を常に防具袋に入れ、国見先生のことばの数々を味わうことが、あなたの剣道を深めることと確信しています。

（松風館道場館長・尚美学園大学剣道部師範・全日本高齢剣友会会長　剣道範士）

詩集　剣道みちすがら／目次

一部 11

二部

一部

素振りⅠ

丸い地球を面に見立て
大きくゆっくりと
素振りする

剣先が弧を描く
わずか１秒に満たない
それは長い旅の始まり

定めた位置に振り下ろす
それだけのことなのに

ままならない
素振りは旅である
深呼吸をして
無心でもう一振り
風が止まった

素振りⅡ

半掛けで竹刀を握る
小指と薬指で

右手は力を抜き
丹田に力を溜め
右足を大きく踏み出し
竹刀を振った

生まれ出る音

性急すぎて
邪心ありあり
情けない音ばかりに
竹刀はため息をつく

それでもぼくは竹刀を振る
竹刀は〈もう止せ〉と言うが

「いかにして誠(まこと)の道にかなびなん千歳(ちとせ)のうちにひと日なりとも」
良寛

素振りⅢ

山に向かって
月に向かって
海に向かって素振りした

弧を描く剣先
意志の軌跡

小さな（素振りⅣ）

宇宙の中の
地球の中の
アジアの中の
日本の中の
越後の中の
小さな妙高市

ここで素振りをする
今というひと時を

四季の中にぼくがいて
ここで素振りをする

前進素振り
一挙動
呼吸を乱しながら
〈小さな自分の自覚〉

大きく素振りをする

素振りV

つきてみよ　一二三四五六七八　九の十
十とをさめて　また始まるを（良寛）

振ってみよ　一二三四五六七八　九の十
十とをさめて　また始まるを

剣先Ⅰ

竹刀の先に眼球
目から飛び出し
しきりに相手の気配を伺う

目を凝らせば
相手の剣先にも
血走った大きな眼球

剣先Ⅱ

竹刀に触れず
電磁石のように
引き合い
退け合う

烈しい心臓の鼓動
ぼくは一瞬気を失う

剣先Ⅲ

決して触れてはいない
竹刀の剣先

視えない意志の放電

剣先からほとばしる
かすかな青い炎を見た

心臓は宇宙人を見たように
ドキンドキンと
もう後ずさりせずにはいられない

剣先Ⅳ

物と物との竹刀の先
剣先に触れる前のこの圧迫感、重圧感は
何だろう

ぼくはよく知らない

気にせず面を打てば
相手の竹刀が一瞬先に面を叩く

審査Ⅰ

面紐を結ぶときに
「来なければよかった」と思った
その時すでに
手を叩いて喜ぶ貧乏神がいた

審査Ⅱ

気合を出して面を打った
やや右に反れて滑り
竹刀は面垂れまで落ちた
こともあろうに
切り返しの最初の面だ

大洪水のように
冷静さを決壊させる
身体中に流れる赤い花

審査Ⅲ

何回も脳に叩き込んだ
蹲踞をして立ち上がり
初太刀の面を……と
繰り返し脳に叩き込んだ

面
小手
打っても決まらない
（どっしりと構えて打ち過ぎないように……）は

もう記憶の化石

鍛え上げたはずの脳は
ひたすら打ち続けるぼくに
〈駄目だよ〉
とシグナルを送るが
身体はどうにも止まらない

審査Ⅳ

ランニングをやり
素振りをやった
気合を入れて
稽古を増やした
気力充実

「はじめ」

〈自己陶酔だったぼく〉に気づいた時は
全てが終わっていた

もちろん掲示板の番号は透明

審査Ⅴ

小学生のように
目標を書いて貼った

それを見ぬふりをして
毎日見ているぼくがいた

「五月十一日　合格」と書いてあるから
意志も身体も
無意識にその日に合わせている

「いつかしっかり練習してから」
などと思っていれば
その日は永久に来ないだろう

今なのである

遠足前日の小学生のように
心も体も
当日に向けて始動している

竹刀Ⅰ

書斎に
客間に
地下に
竹刀を置いた
素振り用の木刀も

いつでもどこでも
練習できるようにと

全集の本を買って

ほとんど読むことがないように
形だけ整えてもダメなことを
今回も証明できた

怠け者のぼく

竹刀Ⅱ

ぼくはいつもためらう
竹刀を握る時に

竹刀は忠告する
握る資格があるのかと

生活の中で
いい加減な生き方のぼく
剣士にはほど遠い

竹刀を握り
少しは精神を清めたくて
まっすぐに素振りをしながら
少しずつ俗をそぎ落す

やがて
〈ぼく〉という者は消え去り
跡形も残らない

竹刀Ⅲ

ぼくは刀
ぼくは炸裂する稲妻
ぼくは坐禅

〈竹刀は意思を持つ生き物である〉

竹刀は意志の形
竹刀は呼吸
竹刀は湧き上がる入道雲

竹刀がぼくと握手するとき
共に同化し
手は竹刀となり
竹刀はぼくの手となり
真正面から
面に向かう

小手

面を上に乗せ
無心で出番を待つ

面を着け
小手が手を包み込む

その瞬間
小手は鉄にも負けない強い意志を持ち
握る竹刀を自由自在に操る

小手と意思疎通できた時
竹刀は見事な面を捉える

面

紐をギュッと結び
面を着けると
そこは小宇宙

面の内側には大統領がいる
(たった一人ぼっちの)

家来がいないから
攻めや守りの合図も
自分で決めねばならない

面の内部は
一人乗りの宇宙船です

面をはずすと
何ごともなかったかのように
小宇宙は消えて
汗を流したぼくが現れる

胴

曲線の防御壁
堂々とぼくを守る
無意識の胴
あの存在感と重み

それは身体と一体となって
〈美しき文様〉に誘い込むが
戦う最中は見ることができない

垂れ

軽いように見られ
存在感が薄いような

しかし
ギュッと力強く垂れ紐を結び
身体に収まった時
垂れは
ぼくの主人となる

気を溜め込み

そこからあらゆる技を
生み出す
その存在感

ネーム

ネームの文字の背後には
その人の〈存在〉が控えている
長い年月の蓄積された象形文字だ
まるで今までの練習が文字となったように

ネームはその人の総量
ネームは黙する顔だ

ネームはネームとして
それぞれ尊重しなければならない

二部

試合

怖い
勝ち目はない
負けるだろう
相手は強いぞ

「はじめ」

何も打たれないが
心が切なく苦しい

「どうしよう」と
心の迷路に入り込めば
「面あり」の声

何も分からなかった

我に返った心は
「何年剣道やっているのだ」と
自分の身体を嘲笑する

また
一からやり直しだ

弱いぼく

どうしてこうも弱いのだろう
背の高い人
怖そうな人
向かってくる人
強そうな人
みんなに負ける

しかし
ぼくよりはるかに強い人と対戦する時
小舟が大型船に突入するように

ぼくは自分を抑えることができなくなり
自分を超えた力を発揮することがある

そして
またいつもの弱いぼく

敵わない

敵わない
全く敵わない
七十四歳の剣士と交えて
見事に負けた

敵わない
若い剣士と交えて
やはり負けた

負けを受けとめ

同時に悔しさが垣間見え
〈敵わないぼく〉を奮い立たせる

まっすぐな君

片道1時間半
わずか40分の練習に来る青年
真冬の雪道を除いて

彼は姿勢がよい
まっすぐに面を打つ
まっすぐに小手面を打つ
まっすぐに心を打つ

その姿を美しいと思った

剣を交えると
心身が喜び
ぼくの剣も素直になり
少しはまっすぐになる

君のまっすぐな剣はどこから来るの？

眼

双眼　面の奥に光り
威圧感に圧倒された
剣先で向かうのだが

わずかにふれた剣先
その刹那
あなたの竹刀がぼくの面を割る

視線

防具は見つめる
心の弱さを
防具は見ている
ぼくの心を

面と小手と胴と垂れ
床板に置かれたままの

その視線
梅雨の湿る室内の

物のいいたげな

壁

練習では納得の打ち
試合では緊張に食べられた
それをやっつけるために
切り返し

次の試合では不思議と自然に身体が動いた
ぼくの意志を何か大きなものが操るように
力を抜くよう制御して

ぼくは、〈ぼく〉という一人の総体として在る

竹刀はぼくの手
防具はぼくの皮膚
〈ぼく〉を乗り越えたぼくに
また新たな壁

足

力めば力むほど
左足は機嫌が悪い
そっぽを向くから
右足と仲良くできない
いざ
面を打っても届かない

意識したつもりだが
相手と向き合い力み始めると
魔法のように

左を向く左足君
もう一度
ぼくの意思と足の意思とを統一し
平和条約を結ぶ
サインは〈平行〉

手

卵を握るように
雑巾を軽くしぼるように
と
脳は納得している

対峙する面の奥の光る目
すかさず
右手は一気に力み
竹刀は痛いと悲鳴をあげる

だから
打突しても万歳して
身体が進まない

分かっているのだがー

面の中の光る目よ
どうかやさしい瞳になってくれ

蹲踞

六畳間で
竹刀を帯刀　構え蹲踞する

姿勢よく
スプリングを踏むように
ゆっくりと伸び上がり
半歩右足を前に出す

丹田に気を溜め
気合を出し

攻めを意識して
初太刀を打つ

これを繰り返し
何ごともなかったかのように
居間にもどる

踵

踵が〈生命〉だという
床から空気を吸うために踵は上がる

その踵を押しつぶし
窒息死させるもの
それは〈力み〉

稽古中でも
左踵が上がっているかと
注意を繰り返すが

またいつの間にか
べた足のレッテル固定
踵のハンター〈力み〉よ

初稽古

堂々と大きく面を打つ
まっすぐに

気合は体育館から飛び出し
雪原を下に
新年の空へと飛び立った

背筋がピンと伸び
子どものように素直になる

納会

竹刀の弦の上に12カ月が在る
それぞれの月の練習が形となって
順番に並んでいる

その竹刀をぼくは振る
12カ月はそれぞれの思いを込めて
ぼくに呼びかける

一年が今終わる

意志も生き方も３６５日も
竹刀に一列に並んで礼をする

想い

なりたい
と、思うから
素振り

なりたい
と、思うから
走る

こうなればしめたもの
父母を想う気持ちのように
まっすぐにぼくを動かす

〈人はいつでも変わることができる〉

剣道着の襟に首の後ろをつけ
しゃんとした姿勢で
ぼくは一本の大木となる
まっすぐに伸びた大木となる

ぼくは一歩踏み出す
揺れることなく
まっすぐに
打っていく

君の面は大きな水平線だ

木の根

剣道をやっていると知って
木の根で作った木刀を
知人がくれた
60センチくらいの木の根をけずり
作ったという

低い天井でも
小さな部屋でも
旅行先でも
いつでも気軽に使えるから

素振りの時は
君の心に届くように気合を込める

まっすぐに

まっすぐ
ただまっすぐに打てばよい
迷わずに打てばよい
面に行けばよい

一番単純な難問
五十年も竹刀を握っているのに

まっすぐに
ただまっすぐに打てばよい

何も考えずにまっすぐにということが
もう何かを考えている

まっすぐに打てないと思って
何も考えずに打った時
面が真正面に現れた

台湾の君

台湾から日本へ仕事を学びに来た君は
剣道を始めた
背の高い好青年
その心のままに
まっすぐに面を打つから
竹の子のようにすくすくと伸びた
昨年は初段合格

本当はもう台湾へ帰る約束だが
二段に挑戦したくて

半年滞在を延ばしてもらった
きっといい面を打つだろう
きっと大きな気合が出るだろう
君のまっすぐな竹のような心
ぼくもきっと学ぶよ

真夏に
二段合格の知らせが矢のように届いた

赤樫の木刀

太くて固い木刀の握りが
素振りをしてすり減るようになった剣士
今日も鏡に向かって無心で木刀を振る

その木刀を
握らせてもらった
本当にもう
へこみ始めているのだ
この固い赤樫でできた木刀が

ぼくは仰天した
そして小さく恥じ入る
赤樫の木刀は
ぼくを睨み付ける

消えそうになる

ぼくは

偽者です
剣士なんかではありません
ただ真似事ばかり

心から打ち込めないぼくがいる
50年も竹刀を握っているのに
まだまともな素振りすらできない

と、
マイナスイメージの払拭

ランニングをすれば
やる気が出るから不思議です
そんな繰り返しの毎日です

颪

走れば
風がささやく

「走ることは運動の原点」
「リラックスできるさ」と。

たった８００ｍの距離
気分転換も兼ねて風を切る

リズムよく

時にスキップし
もも上げをしながら
風を切る

景色に見とれ
剣道を忘れている

「それでよい」と
風がまたささやく

身を持って

練習を終え正座
練習相手の剣士へ礼に行き
言葉をいただく
どこにでも見られる練習後の礼儀
〈その剣士は正座と共に去りぬ〉
口頭でのアドバイスは決してなさらない

稽古の時こそ
全てを教えているのだ

ままならぬ

高校の部活動を決める時
バトミントン部へ入るつもりで
その部屋に行く途中
先輩から腕をひっぱられ
剣道部に入ってしまった

そのお蔭で
今も剣道を楽しんでいる
かれこれ50年

出会い

「おもしろの春雨や、花の散らぬほど」
「おもしろの武道や、文学を忘れぬほど」
「おもしろの好色や、身を亡ぼさぬほど」*

この言葉に出会い
ぼくは初めて自分と向き合えた

〈いつも剣道一筋に打ち込めないぼくがいた〉
〈いつも剣道だけに燃焼できないぼくがいた〉

全てのぼくの中に一部の剣道があればいい
一部の剣道の中にぼくの全てをかければいい

紫式部の小さな実がこぼれ落ちた

＊戦国時代の武将　小早川隆景の言葉

後書き

高校から剣道を始めて50年近くになった。ずっと続けて来たのが剣道と文学だった。剣道をやる精神と文学をやる精神は、その根底において共に〈真剣勝負〉という意味では同じだ。しかし、日常生活での精神には大きなギャップを常に感じていた。いつもフラフラしている自分と、面を着けたときの違いに驚かされる。武道者と詩人は真逆な関係にあると思う。それ故、自分の精神と肉体との振幅の揺れの大きさを自制し、調和してくれたのが剣道だったと言える。

剣道は強い者は強く、弱い者は弱いのである。年上の人でも、若い人でも相手が強ければイチコロに負けてしまう。それが普段の生活には無い魅力と感じている。そして長く続けられるのもいいし、練習後の面を外した時の爽快感、充実感は何物にも代えがたいものである。

剣道は、詩のテーマにはならないと思っていた。いや、考えたことが無かったと言った方がよいだろう。武道や剣道の極意などを伝える本は数多にある。その中で剣道を取り上げ、詩を書く意味など無いものと思っていた。

平成27年8月に、念願だった湯治の旅に木刀を持って一人で出かけた。3泊4日の短期の湯治である。新潟県魚沼市にある秘境の栃尾又温泉を選んだ。温泉の温度が36度と低いラジウム温泉である。一回浸かれば一時間くらいゆっくりと湯の中にいる。他の人も静かで、誰も話さず瞑想的である。温泉の中で本を読む人もいる。温泉に浸かる以外は3回の食事、それ以外は全く自由である。

部屋に持ち込んだパソコンに向かい、キーボードを打ち始めて表れ出た文字が何と剣道の詩だった。3日間で40篇もの詩が出来上がっていた。自分でも驚きだった。剣道の詩なんて聞いたことがなかった。

剣道を学ぶ者にとっては、おそらくこの詩集は何の役にも立たないだろう。これは、剣道の指南書ではない。上達を目指す者には必要がないものだろう。しかしながら、剣道は誰もが強いわけではない。剣道をやっているからと言って、皆が自信を持って生活できるわけでもない。ましてや私のように、全てを剣道に捧げることができず、試合も弱く、その中でもがいている者もいる。そのもがきの精神状態を詩に表現して見た。読んでいただければ、それはそれでまた少しは意味があるのかも知れない。勝者の背後に敗者がある。しかし敗者もまた、明日に向けて共に出発しなければならない。そんな時、この詩集の1行の言葉が頭の隅によぎってもらえばそれだけで嬉しい。また一から素振りである。

この詩集の発行にあたり、全日本高齢剣友会名誉会長、剣道範士八段髙﨑慶男先生、全日本高齢剣友会会長、松風館道場館長、尚美学園大学剣道部師範、剣道範士八段岩立三郎先生にお世話になった。両先生には推薦文をいただき身に余る思いである。また両先生に繋いでいただいた新潟県燕市の共栄館道場館長、剣道教士八段山田義雄先生、副館長、剣道教士七段加藤治先生には、剣道の縁を感じないではいられない。本当に感謝である。この詩集が縁で、先生方に稽古をつけていただくこともできた。これも嬉しいことである。剣道の縁は人を良い方向に結びつける力がある。「剣道は剣の理法の修練による人間形成の道である」と言われるが、私のようなフラフラ剣士でも、剣道を継続して来たことによって少しは人間的になってきたのかなと思っている。またこの詩集にぴったりの表紙絵と挿絵を描いていただいた村嶋恒徳先生にお礼を申し上げます。

最後にこの詩集を発行していただいた月刊『剣道時代』編集長の小林伸郎さんに、心から「ありがとうございます」と念じている。

２０１６年９月　妙高にて

国見修二

［著者略歴］
国見修二（くにみ・しゅうじ）
　詩人
　1954年新潟県西蒲原郡潟東村（現新潟市）生まれ　専修大学文学部、上越教育大学大学院修了、日本詩人クラブ会員、上越詩を読む会運営委員
　主な著書
　詩集『鎧潟』『青海』『雪蛍』『瞽女歩く』『詩の12カ月』『瞽女と七つの峠』、詩画集『ふるさとの記憶―祈り』、言葉集『若者に贈る言葉―光の見つけ方』、短篇集『黒光り』など。青海音物語『石の聲・記憶』原作、組曲「妙高山」作詞、高校、小学校の校歌作詞（７校）
　千代の光酒造焼酎「雪蛍のさと」のラベルに詩が採用される。2009年新潟日報に「越後瞽女再び」を連載、画家の渡部等と詩画展を全国各地で開く。妙高高原ビジターセンターに毎月の詩を掲載。ざいたく新聞に「生きる詩リーズ」連載中、2015年２月、新潟市「水と土の芸術祭第２回プレシンポジウム」で加藤登紀子氏と詩の朗読等を行う。
　新潟日報に「越後郷愁のはさ木」を２人で連載（2015年10月～2016年３月20回）、新潟日報に「越後郷愁―雁木を歩いた人々」を連載（2016年９月から連載中）、瞽女や文学の講演を各地で行う。けやきの会（文学）講師
　剣道を県立吉田商業高校より始める。新潟県剣道大会個人40代の部３位、50代の部３位、60代の部準優勝、団体３位。現在妙高市剣道連盟会長。妙高市在住。剣道七段(本名・平井修二)。アドレス　k.shuji@snow.plala.or.jp

〔表紙絵・カット〕村嶋恒徳

詩集 剣道（けんどう）みちすがら

平成28年12月７日　第1版第1刷発行
著　者――国見修二
発行者――橋本雄一
組　版――株式会社石山組版所
編　集――株式会社小林事務所
発行所――株式会社体育とスポーツ出版社
〒101-0054　東京都千代田区神田錦町1-13 宝栄錦町ビル3F
TEL 03-3291-0911
FAX 03-3293-7750
http://www.taiiku-sports.co.jp
印刷所――三美印刷株式会社

ISBN978-4-88458-408-5　C3075 Printed in Japan